# 智恵子と生きた

―高村光太郎の生涯―

茨木のり子

童話屋

# 高村光太郎《たかむらこうたろう》

日本の詩に新しい道をひらき、「現代詩の父」と
あおがれながら、戦争賛美詩も書いたが悪びれず
反省し責任を負った古武士のような詩人。

昭和 31 年 1 月（死の 3 か月前）の光太郎

# 目次

装丁　島田光雄

# 智恵子と生きた

# 1　高村光雲のむすこ

高村光太郎《たかむらこうたろう》は、小さいとき、おしではないかと家じゅうの者を心配させていました。人のしゃべることは、よく理解しているらしいのに、手まねばかりして、さっぱり自分でしゃべろうとしなかったので、高村家みんなのうれいの種でした。

五歳になったとき、頭にひどいかさ（できもの）ができて、かぶとでもかぶったような、みっともないかっこうになり、なんだかむんむん、いやなにおいがしました。

やっとのことで、その頭のできものがなおったころの、ある朝、急に、

「おとっちゃん！」

とさけびました。この子はおしにちがいない、不具かもしれない……、そんなふうに思われていたやさきでしたから、家じゅうの者が集まってきて、

「おとっちゃんといった、この子がおとっちゃんといった！」

と、大さわぎになりました。五歳になるまで、なにひとつ、ことばらしいことばをしゃべれなかったのですから、みんなはどんなに喜んだことでしょう。

　ことばの達人ともいうべきすぐれた詩人が、ほかの子よりずっとおくれて、ゆうゆうと五歳のころその第一声を発したというのは、なかなか、おもしろい話だと思います。おもむろに口をきった、最初のことばが、「さて、おとっちゃん」というニュアンスを帯びているようにも感じられるのです。

高村光太郎が、高村光雲という彫刻家のむすこに生まれたということは、後年の詩人にとって、ぬきさしならない運命的なものだったのです。

高村光太郎は、明治十六年（一八八三）に、東京市下谷区《したや》（いまの台東区）西町三番地の長屋で誕生しました。父の高村光雲は、のちに明治・大正・昭和を代表する彫刻界の第一人者となった人ですが、光太郎が生まれたころは、窮乏のどん底時代でした。

父、高村光雲は、「木彫師《きぼりし》」といって、江戸時代のなごりを色濃くもった、浅草っ子であり、観音さまや、阿弥陀さまを彫る職人でした。これらの人々はまた、「仏師《ぶっし》」ともよばれていました。日本の彫刻の歴史をふりかえってみると、奈良時代の美しい仏像、平安時代、鎌倉時代のすぐれた彫刻、それらはすべて仏教と深いつながりをもっていることに気づかれるでしょう。そしてまた、仏像彫刻の素材は、ほとんどが「木」であることにも。

ヨーロッパは大理石を素材とし、東洋では天然の岩石を素材とすることが多かったのに、日本は木材の種類が多かったせいもあって、木彫《もくちょう》がその主流となってきました。木彫の技術では、日本がずばぬけていますが、それらは江戸時代を通じて、こうした「木彫師」「仏師」によって、ほそぼそながら守りぬかれてきたのでした。

明治時代になって、廃仏毀釈《はいぶつきしゃく》ということが行なわれました。寺院や経文、仏像をこわし、釈迦の教えをすて去るという混乱がおこりました。世をあげて西洋化してゆくなかで、古くさい「仏師」に仕事をたのむ人もなくなり、まったく路頭に迷う「木彫師」も多かったのです。

高村光雲もまた、そうしたなかのひとりでした。当時、象牙彫りが流行して、横浜の外人向けの仕事を持ってくる人もいましたが、「木彫師」の誇りに生きていた光雲は、苦しくても、そうした仕事はひき受けませんでした。

そのかわり木彫なら、お酉《とり》さまの熊手から、ランプ台、こうもりがさの柄、マドロスパイプと、なんでもたのまれれば、手あたりしだいに彫りました。こういう苦しい時代に、光太郎は高村家の長男として生まれたのでした。

五歳ではじめて、ことばを発してから、光太郎は、二、三か月ののちには、ふつうの子とおなじように、なんでもしゃべれるようになりました。両親は「光《みつ》」「光公《みつこう》」「みっちゃん」とよんでかわいがり、光太郎は自分のことを「あたい」といっていました。

光太郎が七歳のとき、父の光雲は、上野の東京美術学校に奉《ほう》職《しょく》しました。明治時代、東洋美術の再発見につくした、岡倉天心らのすすめによるものでした。木彫だけを一すじに守ってきたことが、さいわいしたのです。

町の一職人にすぎなかった光雲は、一躍、美校（東京美術学校＝現在の東京芸術大学）の、彫刻科の教授になりました。美校は、明治二十年に発足しましたから、それから二年後の草創期に、木彫の技術を買われて、招かれたわけです。

父が美校の教授となると、高村家の暮らしは一変しました。下谷区谷中町に移転して、光太郎も、練塀《ねりべい》小学校から日暮里《にっぽり》小学校に転校しました。

母のとよは、弟子や、使用人、出入りの商人にも、夫、光雲のことを「先生」とよばせるようにし、光雲はしまのもめんに角帯《かくおび》という職人風俗から、パッと洋服にきりかえて、なれないワイシャツやネクタイに四苦八苦というありさまでした。このときから、三十五年間の長きにわたり、高村光雲は、美校の教授として、彫刻界の指導にあたることになります。

おさないころの光太郎は、まったく父を尊敬し、崇拝し、その一言一句を、またとないりっぱなおきてとして、つつしんで聞きました。浅草っ子らしい、べらんめえ口調ではありましたが。

父、光雲の名はしだいに有名となり、彫刻をたのむ人がたくさんくるようになりました。

宮内《くない》省の皇后宮職《こうごうぐうしき》からも仕事をたのまれるようになり、宮中のご用もつとめて、姿見《すがたみ》の大きな大きな額ぶちに「ブドウとリス」を彫ったりしました。そういうときは、おそれつつしんで、からだをすっかり潔め、吉日を選んで、彫りはじめたということです。

明治天皇のまえで、彫刻の実演をしてごらんにいれたこともあります。やはり朝、おふろにはいってからだを潔め、切り火をきってでかけ、家へ帰ってくると、たくさんの弟子や子どもたちのまえで、

「おそれおおくて、天皇のひざから上は見られなかった。」

「まともに拝んでは目がつぶれる。」

などと、天皇のありがたさをさまざまに語ってきかせました。失敗や、ぶざまなことをしたら切腹する覚悟でした。そういうことを、つぶさに見たり、聞いたりして、光太郎は成長してゆきました。


光太郎には、ふたりの姉と、四人の弟と、ふたりの妹がありました。姉ふたりは若死にしてしまい、名実ともに長男となった光太郎は、弟や妹のめんどうをとてもよくみる、やさしいにいさんでした。弟の豊周《とよちか》は、

「いまでもLESSON《レッスン》とむらさき色のインクで書いてくれた何さつもの勉強帳を思いだす。」

と語っています。

光太郎自身、がむしゃらな勉強家でもありました。高村光雲の長男として生まれたからには、光雲の二代目を継ぐ人、と周囲のだれもが思いこんでいましたし、光太郎も、もちろんそうしようと思っていました。

明治時代の学校は、成績がよければ、二年ぐらいポンと飛び越《こ》して、進級できたらしく、光太郎は十五歳の若さで、東京美術学校の予科に入学しています。そして、十六歳で本科の彫刻科に席を置いています。このころは森鷗外が美学を教えたりしていました。

彫刻を学ぶかたわら、図書館にかよって、日本の古典や、中国の史書を夢中で読み、英語の勉強もし、寄席《よせ》へもかようといったぐあいで、時間のないのがなげかれるほどでした。

十八歳のころからしだいに文学にも惹きつけられるようになって、俳句をものして『ホトトギス』に投稿したり、短歌を作って、与謝野鉄幹、晶子らの『明星』に送ったりしました。明治三十三年十月、篁砕雨《たかむらさいう》のペンネームで送った短歌が『明星』にのったのですから、光太郎の文学的出発は短歌から……といえましょう。

そうした多感な心は、いきおい、光太郎の作る彫刻にも反映せずにはいませんでした。「薄命児《はくめいじ》」という彫刻は、光太郎の美校時代の作品ですが、浅草のサーカスの子どもたちをあつかったものです。ある朝早く、浅草で、ぐうぜんサーカス団の猛練習を目撃して、まだ小学校へもいかない小さい子どもたちが、しかりとばされながら、ひどい訓練を受けているのに、大きないきどおりを感じました。口ぎたなくののしられ、たたかれて泣いている女の子、それをかばうように肩をいからせている男の子。この彫刻はそうしたいかりから生まれました。

光太郎は二十歳で美術学校の彫刻科を卒業するのですが、そのころから、「彫刻のなかに物語や感傷や義憤など、いわゆる文学がはいりこむのは、いけないいんじゃないか、彫刻は純粋に造型美術として、線や形や立方体として成立するのでなければだめなのだ」と気づきだしたのです。

自分の心魂《しんこん》こめて作った、サーカスの子どもたちも、光太郎の心のなかで否定されはじめたのです。これは彫刻としては、本格の道でないと。

たまたまそのころ、写真で見ることのできたロダンの彫刻が光太郎の心をうちました。ロダンは「考える人」や「バルザック」「接吻」「地獄の門」などで有名な、フランスの彫刻家です。みなさんもどこかでごらんになったことがあるでしょう。

ロダンの彫刻には、ギリシア彫刻、ミケランジェロの彫刻、それら、ヨーロッパの伝統をふまえて花ひらいた、圧倒されるばかりの迫力、彫刻の美しさそのものが息づいていました。

「彫刻の美とはこれなんだ！」

光太郎は心に深く感じました。

——自分のなかで出口を求めてあふれかえらんばかりになっている情感には、詩として形をあたえてやろう。そして彫刻は純粋に造型美術として、なりたたせてやろう。

自分のなかにうごめいている表現欲を、「詩」と「彫刻」にすっきり分離してやろう。詩を書かないと、それが彫刻のほうにまぎれこんできて、はなはだまずいことになる。——「彫刻家にして詩人」「詩人にして彫刻家」。この二つの顔は、終生高村光太郎についてまわるのですが、この二すじ道を、光太郎は二十歳のころ、はっきり自覚したようです。

## 2　パリでの人間開眼《かいげん》

美校の彫刻科を卒業したのちも、光太郎は研究科に残り、それからまた洋画科に再入学したりして、なにかをしっかりつかみとろうと、必死で勉強していました。

光太郎の作る彫刻がすぐれていることに目をつけた岩村透教授が、

「いまのうちに外遊させたらどうだ。」

とねっしんに父の光雲にすすめました。光雲は職人気質《かたぎ》で、彫刻するのに学問はいらないという主義でしたが、美校の教授となってから、無学のために、赤恥をかくことがしばしばあったので、そんな考えもしだいに変わってきていました。それにむすこの光太郎を、二代目とするためには、外国へいかせて新知識を吸収させ、外国帰りという箔《はく》をつけさせたほうがよいと判断して、

「いくなら、若いうちにいってこい。」

と、しきりにすすめました。

ところが光太郎のほうは、いくことに気乗りしなかったのです。というのも、世界歴史や西洋美術史の予備知識が不十分で、目下いっしょうけんめい勉強中のところでしたから、こういうものを、しっかり頭にたたきこんでからでなければ意味がないと、外遊の話には不賛成でした。

けれど周囲の強いすすめで、明治三十九年（一九〇六）二月、ついにアメリカへ向けて横浜を出帆しました。

今まで背広を着たこともなかった光太郎は、あらいしまの洋服を着せられて、「アゼニアン」という、四、五千トンの、外国航路としては小さな船に乗ったのでした。数え年二十四歳のときで、このあたりまでは、まだ、光太郎は父母にたいして素直なむすこであったのです。

船が出帆してまもなく、暴風雨に見舞われ、それがずっとつづきました。

悪《あ》しきものやろうとするや吾船《あがふね》を
　ちちははいます地より吹く風

光太郎は船のなかで、こんなうたをよんでいます。「まるで悪者でも追いはらうかのように父母のいます日本の方角から、強い風が吹いてくるなあ……」と、そんな、ちょっとおどけたところのあるうたです。節分の鬼やらいの行事をすませたばかりで船に乗った光太郎は、「鬼は外」の豆まきを思いだしていたのかもしれません。

そしてまた、自分が日本を離れて、ふたたび父母に会うときは、両親にとって「悪しきもの」になっているのかもしれない、そういうばくぜんとした予感もかくされているような気がしてなりません。

光太郎の乗った船は暴風雨のため、一週間もおくれて、三十日以上かかってバンクーバーの港につきました。それから大陸を横断してニューヨークに到着しました。

見るもの、聞くもの、新鮮で、洋食なんか食べたこともなかったのに、光太郎の若さはそういうことをものともせずに、つぎつぎに順応できていったようです。もっとも洋食に関しては、ずいぶんとんちんかんなことも多かったらしく、そのころの日記を読んで、のちに智恵子夫人と大いに笑ったということです。

ニューヨーク市五番街の素人下宿に落ちついて、毎日、見物と職さがしとでいそがしく、ホームシックにかかるひまもありません。父からもらってきた二千円のうち、半分は旅費にとられて、手もとに千円しかなく、千円はアメリカの五百ドルにあたりましたが、自活しながら学ぼうと、体あたりで職をさがし、とうとう自分で見つけました。

それは、彫刻家ガトソン・ボーグラム氏の通勤助手という仕事で、週七ドルをもらえるようになり、ここでは労働と勉強とが同時にできました。

美術学校「アート・スチューデント・リーグ」の夜学にもかよい、美術館、図書館をめぐり、眠るまえにはトルストイ、ホイットマン、ポウ、漱石を読むというふうに、光太郎のことばでいえば「餓鬼のように勉強した」のです。

ニューヨークには一年半滞在しましたが、この間に光太郎はいろんなことを経験しています。いちばん大きなショックは、ここでは「ぼくは未熟です」といえば、ほんとうに未熟ととられ、日本風の謙遜《けんそん》の美徳はさっぱり通用しないこと、金銭を不潔と感じる日本人の感覚も無視されてしまうことなどで、光太郎が育てられてきた下町の、たぶんに江戸時代的な感覚がうちくだかれたことでしょう。アメリカ人のあけっぴろげな人間性に、世界の広さをつくづくと感じさせられ、背広は着ていても、心には日本風のはおりをまとっていた光太郎は、アメリカでそれをひっぱがされてしまいました。

光太郎の勉強ぶりはだれの目にも、よほどめざましいものであったらしく、美術学校の特待生に選ばれ、無月謝でよいという特典があたえられたのですが、そのうえに、日本にいる父の配慮で、農商務省の海外研究生という資格をえることができ、月々六十円がきまって送られてくることになりました。

そこで、これを機会にヨーロッパに渡ろうと決心した光太郎は、明治四十年(一九〇七)、ロンドンに向かいました。

ロンドンでは、テームズ河のほとりに下宿して、ブラングインの画学校にかよったり、ポリテクニックの彫刻科にかよったり、あいかわらず寸暇《すんか》をおしんで学ぶことにけんめいでした。

ロンドンには、ニューヨークとはまるっきりちがった、古く根強い由緒《ゆいしょ》ある伝統が、生活のすみずみにまで息づいていて、下宿の女主人の日々からも、それははっきり受けとれるのでした。そこではかぎがいらず、人は「信用」を重んじて、ゆうゆうと行動し、他人をさまたげず、他人からもおかされず、エチケットは美しく身に添い……、つまりは、「個人というものが、はっきりと確立されている」と、光太郎は感服しきりでした。

ロンドンで、光太郎は西洋の実体というものにはじめて触れた思いでした。

画学校で知りあった友人にバーナード・リーチがいました。

バーナード・リーチは、子どものころ、父の赴任《ふにん》先であった京都にいたことがあったそうで、光太郎がマンドリンで日本の曲をひいていると「その曲に覚えがある」といいだしました。高村光太郎との友情で、にわかに日本熱をあおられたバーナード・リーチは「もういちど、日本へいきたい。かならずいく」ということになり、一年後にはさっさと日本に向けて出発しています。

バーナード・リーチはそれから何度も何度も日本とイギリスを往復して、半分日本人のようになり、そのすぐれた絵つけを生かして日本の窯場《かまば》にこもり、美しい陶器をぞくぞくと生んでいます。

光太郎はのちにこのころのことを回想して、

「ロンドンでの収穫は、リーチとの友情だった。」

といっています。

ロンドンに一年間滞在したのち、明治四十一年(一九〇八)、光太郎はパリに移ります。

ニューヨークでも、ロンドンでも、いつも日本人であることを意識しないではいられませんでしたが、パリはちょっとちがいました。ここでは、さかなが適温の海域にはいったような、国籍を感じないですむような、くつろいだ感じがあって、うきうきとさせられました。パリはいまでも、こういう雰囲気があるので、世界じゅうの人々に愛されているのでしょう。

この芸術の都は、折りしも初夏で、空気さえかおっていました。光太郎は、パンテオン近くの、日本人におなじみの宿、「オテル・スフロー」に落ちつき、モンパルナス地区にアトリエを借りました。

アトリエで習作をつづけるかたわら、やはり留学中の安井曽太郎《やすいそうたろう》や津田青楓《つだせいふう》らと語り、議論し、見つくせないほどたくさんの美術館を、息をつめて見まわりました。

芸術の遺産もさることながら、パリの名もない庶民のいきいきしていること、人間が解放されて、自由であることの意味。光太郎はなによりもまず、そうした人々の暮らしぶりのみごとさに圧倒されました。そのはんたいに思い浮かんでくるのは、日本の「家」の暗さでした。日本の家では、父親ひとりがいばっています。妻も子どもも使用人も、ただただ奴隷のように、父親ひとりにかしづいています。

フランスでは、女も男と対等にしゃべり、さえずり、のびのびとしてみえます。おなじ「家庭」でも、こうもちがうものかと、光太郎は、ぼうぜんとさせられました。

そしてまた、光太郎が詩人としてまことにめざめたのも、このパリにおいてでした。あるフランス女性と語学の交換教授をしていたとき、その女性からフランスの詩の暗誦《あんしょう》をさせられて、ヴェルレーヌ、ボードレールの真価をさとらされたのです。

とくにボードレールの、自分のすべてをなげうつような全身全霊の作詩態度に、むちうたれるような感動を覚えました。

それまでの光太郎は、短歌にひかれこそすれ、日本の近代詩には、なにかそぐわないものを感じて、むしろ反撥《はんぱつ》していました。フランスの詩を原文で読み、味わえるようになって、はじめて、その理由がわかったのです。明治以後の日本の先輩詩人たちは、ただ筆さきだけで、才にまかせて、美辞麗句をならべたり、心の思いを述べたりしているだけだったんだと。詩とは、「自分のことばで、ぎりぎりのところをうたうものなのだ！」とさとったのです。

「自分のことばで」というところがなかなか重要です。わたしたちはふつう、自分のことばでしゃべったり、書いたりしていると思いこんでいますが、意外にそうではないのです。考えたり、表現したり、形容したり、それらが他人の借り着であることのほうがどんなに多いでしょう。それに気づかないだけなのです。

光太郎がパリで、そのことをいかに深く自覚したかは、こののち帰国してから、ほとばしるように書かれてゆくかれの詩を見ると、よく理解されます。

さびしきみち　　　　（『道程』）

かぎりなくさびしけれども
われは
すぎこしみちをすてて
まことにこよなきちからのみちをすてて
いまだしらざるつちをふみ
かなしくもすすむなり

――そはわがこころのおきてにして
またわがこころのよろこびのいずみなれば

わがめにみゆるものみなくしくして
わがてにふるるものみなたえがたくいたし
されどきのうはあじきなくもすがたをかくし
かつてありしわれはいつしかにきえさりたり
くしくしてあやしけれど
またいたくしてなやましけれども
わがこころにうつるもの
いまはこのほかになければ

これこそはわがあたらしきちからならめ
かぎりなくさびしけれども
われはただひたすらにこれをおもう

——そはわがこころのさけびにして
またわがこころのなぐさめのいずみなれば

みしらぬわれのかなしく
あたらしきみちはしろみわたれり
さびしきはひとのよのことにして
かなしきはたましいのふるさと
こころよわがこころよ

ものおじするわがこころよ
おのれのすがたこそずいいちなれ
さびしさにおうごんのひびきをきき
かなしさにあまきもつやくのにおいをあじわえかし

――そはわがこころのちちははにして
またわがこころのちからのいずみなれば

パリでは、それまで飲めなかったお酒の味を覚えました。女というものを知りました。自分の頭で考えることを覚え、仕事とはどういうものであるべきかをさとり、つまり光太郎は、パリでおとなにさせられました。

パリで一人前の男になった、人間開眼《かいげん》をしたという自覚――光太郎はこのとき二十七歳になっていたのです。

その喜びも、感謝の思いも、けれどそんなに長くはつづきませんでした。パリの美酒に気持ちよく酔っぱらったのち、こんどは悪酔いのような、へんな症状が現われてきたのです。美しいフランス女をモデルに使い、彫刻をしていると、そのフランス女がとつぜん、猛獣のように見も知らぬもの――心理のひだも、感情の波も理解不能の物体に化してしまい、女の彫像として創りあげられない不安に、大きくゆさぶられてしまいます。ただ外がわだけをなぞるのでは、彫刻になりません。

「西洋人は、けっきょく自分には理解できない！」

光太郎はノイローゼ状態におちこみました。

こんなこともありました。親しいフランス女性と一夜をともにして、朝ふと鏡をみると、見知らぬ色の黒い、みにくい男が立っていて、よくよく見ると、なんとそれが光太郎自身のすがたでした。不ゆかい！　不安！　おどろき！

「これが自分だ！　ジャポネだ！　モンゴルだ！」

とさけびださずにはいられませんでした。

こういうところにひきあいにだされた「モンゴル人」こそいいめいわくですが、体格も人なみはずれてりっぱで、押しだしも風格も超一流であった光太郎でさえ、自分を「モンゴル系の辺境の民」と思わずにはいられないほど、周囲は、まぶしいばかりのヨーロッパ文化につつまれていたといえましょう。

どう埋めようもないような、フランスと日本の文化の落差――劣等感にさいなまれて、光太郎はいてもたってもいられなくなりました。

「出さずにしまった手紙一束《たば》」という文章のなかに、

「早く帰って心と心とをしゃりしゃりとすりあわせたい。さびしいよ。」

という切実な一章があります。

もっと落ちついて、じっくりと腰をすえて仕事をしたい、ノイローゼのような状態から脱したいと願った光太郎は、父に手紙をだしました。父からは「すぐ帰ってこい」という、わきたつような喜びの返事がきました。

パリにいたのは一年たらずのあいだでした。

イタリアをまわって、明治四十二年（一九〇九）七月、光太郎は、神戸へ帰ってきました。
　二十四歳から、二十七歳までの、ひたすらな勉学にあけくれた、青春の旅でした。

## 3　父との対立

根付《ねつけ》の国　（『道程』）

頬骨が出て、唇が厚くて、眼が三角で、名人三五郎の彫った根付の様な顔をして
魂をぬかれた様にぽかんとして
自分を知らない、こせこせした
命のやすい
見栄坊な
小さく固まって、納まり返った

猿の様な、狐の様な、ももんがあの様な、だぼはぜの様な、
麦魚《めだか》の様な、鬼瓦の様な、茶碗のかけらの様な日本人

神戸の港におりたった光太郎の目に、パッと飛びこんできた日本人の顔とは、こうした痛烈なものだったのです。白人社会に長く暮らして、白人の顔ばかり見なれた目には、一種異様に見えた日本人の顔、顔――光太郎はいつわらず率直にその思いを書きとめたのです。

根付は、いまのキイ・ホルダーのようなもので、財布やたばこ入れにくっつけて、男も女もアクセサリーにしていました。江戸時代にとくにさかんで、はんにゃの面やひょっとこ、サルなど、さまざまのミニチュアを、ぶらさげていたものです。

たしかにいま、明治時代の人々の写真を見ると、ひどくつきつめた顔をして、なにかにいどみかかるような、そのくせへんに表情にとぼしく、はっきりした自分を持っていない、根付のようにあっけない顔が多いのです。

明治になってから、日本の方針は「富国強兵」ということになり、軍備に莫大なお金を注ぎこんでいました。そのために人々の暮らしは貧しくて、

はたらけど
はたらけど猶《なお》わが生活《くらし》楽にならざり
じっと手を見る

と、石川啄木がうたったように、民衆の生活は苦しくて、あえぎにあえいでいたのです。根付のような顔、貧弱な体格も無理からぬことでした。光太郎はおそらく、自分自身をも、そのなかにふくめて考えていたことでしょう。顔はまた精神のあらわれでもあるのです。

たたみかけるような調子で、説明はいっさいはぶき、つきはなして、投げだしています。

「根付の国」という詩は明治時代の骨董品《こっとう》として、笑って読みすてればいいものでしょうか？　そうあってほしいけれど、困ったことに「根付の国」の子孫であるわたしたちは、こういう状態から、まだいくらもぬけでてはいないというのが、ほんとうのところでしょう。だからこの詩は、しゃくだけれど、いまだにいきいきした生命をもっているといえます。

　さて、光太郎は神戸までむかえにきてくれた父といっしょに東京行きの汽車に乗りました。流れ去る風景は箱庭のようにちまちまと見えます。汽車のなかで、父、光雲は、とてもたのしいことをうちあけるように、

「弟子たちとも話しあったんだが、ひとつどうだろう。銅像会社を作って、おまえを中心に手びろく銅像の仕事をやったら。なかなか見込みのある事業だと思うが、よく考えてごらん。」

と申しました。光太郎は、頭をがゝんとなぐられたような気がして、口もきけませんでした。

　外国をまわってさとったものは、ほんものの美術のありかた、彫刻家の魂のありようでした。目標とすべき師、ふるいつきた

いほど尊敬したのはもちろんロダンでした。フランスやイタリアで美の宝庫に触れつつ反射的に思ったのは、日本の彫刻界のだらしなさかげんでした。

父が得意になって彫った楠 正成《くすのきまさしげ》像、西郷隆盛《さいごうたかもり》像などは、魂のはいっていない五月人形のようにチャチなものに思われ、仏像にはこびがあって俗臭ふんぷん、光太郎は外国で、すでに父の職人仕事の点検を終えていたのでした。

自分はなんとかしてロダンに迫れるような仕事をしなければならない、近代彫刻の道を日本できりひらいていかねばならない。そうした大きな志を抱《いだ》いて帰ってきたのに、父の望んでいたものは、あまりにも俗っぽい世間的な成功だけでした。氷河のさけめのような、ふたりのあいだの断層に光太郎は口もきけなくなってしまったのです。

父の顔　　　（『道程』）

父の顔を粘土《どろ》にてつくれば
かわたれ時の窓の下に
父の顔の悲しくさびしや

どこか似ているわが顔のおもかげは
うす気味わろきまでに理法のおそろしく
わが魂の老いさき、まざまざと
姿に出でし思いもかけぬおどろき

わがこころは怖《こわ》いもの見たさに
その眼を見、その額の皺を見る
つくられし父の顔は
魚類のごとくふかく黙すれど
あわれ痛ましき過ぎし日を語る

そは鋼鉄の暗き叫びにして
又西の国にて見たる「ハムレット」の亡霊の声か
怨嗟《えんさ》なけれど身をきるひびきは
爪にしみ入り瘭疽《ひょうそう》の如くうずく

父の顔を粘土《どろ》にて作れば
かわたれ時の窓の下に
あやしき血すじのささやく声……

駒込林町の自宅でひさしぶりにくつろいで、母のよろこびと愛にまみれてぐっすり眠っていると、

「こんなかわいい顔して眠ってるよ。」

と母は何度も何度ものぞきにくるのでした。

仔《こ》ネコの寝すがたでもみるようないいかたでしたが、母もまた、知りませんでした――仔ネコどころか光太郎がトラのように批判の刃《やいば》を研いで、日本の古いものにたたかいをいどもうとしていたことを。

日本にすこしずつなじんでくるころ、落ちついてあたりを見まわすと、光太郎には、たえがたいものばかりが目にうつります。

帰国した翌年「大逆事件」というのが起こりました。「明治天皇・皇太子」を暗殺しようとしたかどで、幸徳秋水ら、二十六名の無政府主義者がとらえられました。ろくな調査もしないで、八か月後の明治四十四年（一九一一）、二十四名に死刑の判決がくだり、間もなく、十二名は終身懲役刑に減刑されましたが、けっきょく十二名が、じつにすばやく、絞首刑とされてしまったのです。

死刑になったなかには、菅野《かんの》スガという女性もまじっていました。

明治四十年代の人々をふるえあがらせ、「極悪人」という印象をあたえたこの「大逆事件」は、その後の研究により、たくみな「でっちあげ事件」だったということが、かなりはっきりしてきましたが、いまだになぞの部分も残しています。おそろしいのは無実とはっきりわかっている人が、絞首刑にされたり、監獄へ入れられたりしたことです。

幸徳秋水や菅野スガは、たしかに無政府主義者で、はげしい言論をもって鳴りひびいていました。働く国民の、みじめで、無権利の状態を指摘し、神秘的な皇室中心主義の迷信を打ち破ろうとして、活躍していました。とくに幸徳秋水は、先見の明《めい》があり、一般の人々より何百歩も前を歩いていたりっぱな人物で、爆裂弾で天皇を暗殺しようというような、幼稚なテロリストではなかったでしょう。

御一新（明治維新）で酔ったようになり、政府のいいなりに動いてきた、飼いならされた国民から、日本人はすこしずつめざめはじめようとしていたのです。明治政府は、そうした動きがこわくて、気になってしかたありませんでした。言論の自由を抹殺する第一の血まつりに、幸徳秋水らはやりだまにあげられたのです。

「大逆事件」が当時の人々にあたえた影響は深刻でした。民衆も知識人も、まかりまちがったら殺される、とくに天皇批判は刑法第七十三条の大逆罪にひっかかる、ということを、きもに銘じて知らされたのです。近代になっての最初の暗黒事件でした。

森鷗外は明治政権の側に立って社会主義思想にはんたいしました。もちろん政府の暴圧には心をいためていましたが。

永井荷風は純文学の筆を折って、戯作に生きようとしました。

石川啄木はこの事件をだれよりも鋭く、正確にとらえて、「時代閉塞《へいそく》の現状」という論文を書いています。これは現在でもひじょうに高く評価されています。窒息しそうに暗い明治四十年代の状況を分析し、青年たちが自滅しないためには、われわれの「敵のすべて」を発見しなければならない、というものでした。「敵」とは「大逆事件」によって、急にそのすがたをろこつにあらわした国家権力の残忍さをさしています。

啄木は『明星』から出発して、十七歳のころから、みずみずしい青春のよろこび、感傷、うれいをあますところなく、のびやかにうたってきました。しかし、詩人としての才能は、それだけにとどまらず、かれのうたはかれを導いて、ついに、日本人のほんとうの敵はなにか、という名医のように鋭い社会批評にまで達せしめていたのです。

啄木は「時代閉塞の現状」を書いた翌々年、明治四十五年に二十七歳の若さで、悪戦苦闘の生涯を閉じました。

手が白く且《か》つ大なりき非凡なる人といわるる男に会いしに

啄木のうたった「非凡なる人」とは高村光太郎のことだといわれていますが、光太郎は「大逆事件」をどのように受けとめたのでしょうか。

それについてはなにも残っていません。日本をるすにしていて事情がよくのみこめなかったこともあったでしょうし、社会のできごとを自分のこととして考えるタイプでもなく、当時のかれは芸術至上主義者でした。それにおそらく光太郎の頭をいっぱいに占領していたのは、たたかうべき当面のもっとも身近な敵——父、光雲の世界だったのではないでしょうか。

事実、光太郎は父との対立の火ぶたを切って落としました。銅像会社はおろか、父の息のかかった文展《ぶんてん》（日展の前身）には出品せず、両親のすすめる縁談、見合いにも耳をかさず、すすめられた美校教授の職はひきうけず、そのうえ、日本の美術界をペン一本できってきってきりまくりました。

光太郎の目には、けちくさい派閥主義、卑屈な態度、きれいごとをいいながら、そのじつ名誉と金銭にあけくれる彫刻家たちが「冠をしたサルども」に見えたのです。しかも攻撃すべき敵――その親玉は、帝室技芸員従三位《じゅさんみ》勲《くん》二等などという肩書きをなによりもたいせつにしている、父、光雲だったのです。

　光太郎のてきびしい批評が、新聞や雑誌にのると、傷つく人がたくさんでてきました。しかもそのおおかたは父の弟子すじにあたる人でしたから、たまりません。多くのうらみをかい、道で闇うちをしかけられそうになったり、あげくのはては「光雲のむすこは手に負えないバカむすこ」というレッテルをはられたりしました。

　光太郎はあらゆる方法で二代目になることをこばみ、光雲はなんのためにむすこを外国へやったのか、わけのわからないことになり、その目算ちがいに、にがりきっていました。

そのうえ、「大逆事件」に象徴される、時代の暗さ、一つ一つとびらを閉ざされてゆくような窒息感は、光太郎にも反映せずにはいませんでした。

『明星』が廃刊になり、つぎにネオ・ロマンティシズムをかかげた「スバル」というグループに、光太郎ははいっていきました。森鷗外、吉井勇、木下杢《もく》太郎、北原白秋らがいて、「常識打破！」をさけび、デカダン派となって、あばれまわりました。その勢いは美術家をもまきこんで「パンの会」が結成され、同人が軍隊にはいる入営祝いののぼりをお葬式のように黒わくでかこって、それが大問題となったりしました。

光太郎の詩作衝動はここで、せきを切ったようにあふれだし、機関誌『スバル』につぎつぎとすばらしい詩を発表しています。

世間の人からは白い目で見られ、退廃的で札つきの不良の巣のように思われていた「スバル」は、しかし、「大逆事件」以後、帝国主義への道をひた走り、朝鮮の植民地化にも成功して得々としていた日本の、ささやかな抵抗の砦《とりで》としての意味を持ってはいたのです。青年たちの良心の痛み、苦しみは、こういう形でしか爆発できなかった、暗い時代でした。

そのころの青年たちは、まっすぐにのびることができず、志のある若者も、どこかゆがんだ形でしかその情熱を発散することができず、光太郎も例外ではありませんでした。

吉原河内楼《よしわらこうちろう》の遊女、若太夫《わかだゆう》との恋愛——、元禄まげに結ったこの美しい人は、光太郎によって「モナ・リザ」と呼ばれました。レオナルド・ダ・ヴィンチによって描かれた「モナ・リザ」のおもざしに、どこか似ていたからです。

つぎに「よか楼《ろう》のお梅さん」に心は移ってゆきましたが、この人も「マドモアゼル・ウメ」と西洋風の愛称で、光太郎の詩に、そのすがたをとどめています。

光太郎の理想の女性像は、ヨーロッパ的な情感をたたえた女でした。だからこそ、かよいつめた遊女にさえ「モナ・リザ」とか「マドモアゼル・ウメ」とか、ハイカラな愛称をつけずにはいられなかったのでした。

光太郎の母は、どんなにかおろおろしたことでしょう。あのかわいい親孝行者だった光《みつ》が、どこでどう、こんな手のつけられない無頼漢になったものやら……。そして光太郎自身も、

「自分はもう、ほんとうにだめになってしまうんじゃないか。」

と、そんな不安にさいなまれつつ、あれにあれていた二十九歳のときに、ついに運命の人、長沼智恵子にめぐりあったのでした。

# 4 『智恵子抄』の背景

人に　　（『道程』『智恵子抄』）

いやなんです
あなたのいってしまうのが――

花よりさきに実のなるような
種子《たね》よりさきに芽の出るような
夏から春のすぐ来るような
そんな理窟に合わない不自然を

どうかしないでいて下さい
型のような旦那さまと
まるい字をかくそのあなたと
こう考えてさえなぜか私は泣かれます
小鳥のように臆病で
大風のようにわがままな
あなたがお嫁にゆくなんて

いやなんです
あなたのいってしまうのが――

なぜそうたやすく

さあ何といいましょう——まあ言わば
その身を売る気になれるんでしょう
あなたはその身を売るんです
一人の世界から
万人の世界へ
そして男に負けて
無意味に負けて
ああ何という醜悪事でしょう
まるでそう
チシアンの画いた絵が
鶴巻町へ買物に出るのです
私は淋しい　かなしい

何という気はないけれど
ちょうどあなたの下すった
あのグロキシニアの
大きな花の腐ってゆくのを見る様な
私を棄てて腐ってゆくのを見る様な
空を旅してゆく鳥の
ゆくえをじっとみている様な
浪の砕けるあの悲しい自棄のこころ
はかない　淋しい　焼けつく様な
――それでも恋とはちがいます
サンタマリア
ちがいます　ちがいます

何がどうとはもとより知らねど
いやなんです
あなたのいってしまうのが――
おまけにお嫁にゆくなんて
よその男のこころのままになるなんて

この詩は、『智恵子抄』のいちばんはじめをかざっている詩です。「あなた」はもちろん智恵子をさしていて、

なぜそうたやすく
さあ何といいましょう――まあ言わば
その身を売る気になれるんでしょう

あなたはその身を売るんです
一人の世界から
万人の世界へ
そして男に負けて
無意味に負けて
ああ何という醜悪事でしょう

と悪態をつき、当時智恵子に起こっていたらしい縁談をさまざまにこきおろして、

いやなんです
あなたのいってしまうのが――

おまけにお嫁にゆくなんて
よその男のこころのままになるなんて

と、自分以外の男はみなくだらないやつで、そんなのと結ばれる智恵子はいやだ、といっているわけで、お坊ちゃん気質のずいぶん身がってでわがままな詩ですが、このわがままさがまた、この詩の大きな魅力になっていると思いませんか。恋のはじめの心の動きを、いきいきと伝えてくれる詩です。

長沼智恵子は、福島県二本松町の大きな酒造家の長女に生まれました。東京・目白の日本女子大の家政科に籍をおき、在学中から絵に興味をもって、卒業してからも、太平洋絵画研究所にかよって女流画家の道を歩こうとしていました。

女子大の一級上に平塚雷鳥《らいちょう》がいて、彼女は明治四十四年(一九一一)、『青鞜《せいとう》』という、女性だけの雑誌を発刊しました。智恵子はこの創刊号の表紙をかいています。

『青鞜』は「元始、女性は実に太陽であった」という平塚雷鳥の有名な人間宣言によってはじまりました。与謝野晶子も「山の動く日きたる……」にはじまる「そぞろごと」という詩を寄せています。

『青鞜』に集まったのは、まじめで、すぐれた女性たちばかりでしたが、このグループもまた世のそしりをまぬがれませんでした。人身売買の実態をさぐろうとしたのが、「女だてらに遊里に足をふみ入れて、五色《ごしき》の酒を飲む」というふうに評判され、「新しい女」という、ひやかしや軽蔑をこめたことばではやされました。

　智恵子は平塚雷鳥の後輩で、創刊号に表紙をかいたというだけで、『青鞜』とはあまり関係なかったのですが、世間はやはり智恵子をも「新しい女」のひとりとして見ていたようです。

　親のはんたいを押しきって絵の勉強にうちこみ、親のすすめる縁談にもその気になれず、智恵子は二十六歳になっていましたが、そのころ、友人の紹介で、高村光太郎にはじめて会いました。智恵子は内向的な性格で、無口で、たまにしゃべっても語尾が消えてしまい、よく聞きとれない、まったく静かな人柄でしたが、しんは強く、女流画家の友人に、

「あなたの絵は青草を噛むような、いやみなところがある。」

と手紙でズバリといってやれるような、強いところももってい

た人でした。

他人にたいしてめったに心をひらかないかわり、いったんひらいたとなると、とことんまでうちこむ——東北地方の女性によくあるタイプのひとりだったのではないでしょうか。

智恵子の目に光太郎は、フランスから帰朝したばかりの、新進彫刻家。そしてまた美術界の古い因習におそれげもなく敢然と戦いをいどむ、理想の男性として映じたことでしょう。

光太郎もまた、智恵子のなかに、「自分をしっかりもっている女」「豊かな感受性に富んだ女」、つまり、光太郎の理想としたヨーロッパ的な情感をたたえ、一対一で、対等に話せる日本女性を発見して、狂喜したことでしょう。そのうえ、智恵子は、大きな酒造家のむすめであったせいか、金銭や名誉に無欲で、じつに、たんたんとしていました。父とその取りまき連の俗っぽさに閉口していた光太郎は、智恵子のこせこせしない、俗を離れた大らかさにも強く惹きつけられていったのです。

ふたりがはじめて会ってから半年あまりののち、智恵子のほうから愛情をうちあけた熱烈な手紙が光太郎のもとへとどくようになりました。光太郎は受けて立った形ですが、愛情をいだきはじめたのは、おそらく光太郎も同時だったことでしょう。智恵子を意識し、智恵子に読ませようとした気配のある詩を、いちはやく発表していたのですから。

けれど自分のほうからそれを告げなかったのは、あれくるって、すさんでいる生活のなかへ、智恵子のように清純なひとをまきこみたくないという、ためらいもあったためでしょう。

智恵子はそんなことにはおかまいなく、純粋に光太郎の心の中心めがけて、パッと飛びこんでしまったのです。光太郎はびっくりし、たじろぎ、ショックでその不良性をさえ失ってしまいました。「あの頃」という詩があります。

あの頃

（『智恵子抄その後』）

人を信ずることは人を救う。
かなり不良性のあったわたくしを
智恵子は頭から信じてかかった。
いきなり内懐に飛びこまれて
わたくしは自分の不良性を失った。

わたくし自身も知らない何ものかが
こんな自分の中にあることを知らされて
わたくしはたじろいた。
少しめんくらって立ちなおり、
智恵子のまじめな純粋な
息をもつかない肉薄に
或日はっと気がついた。
わたくしの眼から珍しい涙がながれ、
わたくしはあらためて智恵子に向った。
智恵子はにこやかにわたくしを迎え、
その清浄な甘い香りでわたくしを包んだ。
わたくしはその甘美に酔って一切を忘れた。

わたくしの猛獣性をさえ物ともしない
この天の族なる一女性の不可思議力に
無頼のわたくしは初めて自己の位置を知った。

詩の冒頭に、「人を信ずることは人を救う」という一節もあります。光太郎は智恵子と知りあって、「パンの会」のやぶれかぶれの気分から救いあげられたと感じ、新生の予感にふるえ、またしても大きな人生の転換期に立ちました。

そのころ、世は明治天皇の死、そして大正時代へと、めまぐるしく移ってゆきました。

大正二年(一九一三)の夏、光太郎は上高地に滞在して、展覧会のための油絵をかいていました。智恵子もあとから追いかけてきて、光太郎といっしょに、穂高、明神《みょうじん》、焼岳《やけだけ》、梓川《あずさがわ》と美しい風景をともに写生したり油絵にしたりして、清水屋を拠点にして歩きまわりました。ふたりの気持ちは澄みきった自然のなかで高められ、上高地で婚約の誓いをしました。

おなじ上高地で夏を過ごした人々のだれかからもれたのでしょう。東京の『日日新聞』に「美しい山上の恋」というゴシップ記事がでて、光太郎の両親はじめ、美術人、文壇人をおどろかせました。あること、ないこと、おもしろおかしく書かれてあるのは、いまの週間雑誌のゴシップ記事と変わりありません。智恵子はこれまでにも「新しい女」のひとりとして、世間の意地悪い目によって、よくゴシップ種とされてきました。

この記事がでたことが、かえってふたりの結婚への決意をかたいものにしたようです。

光太郎の母は「しかるべき江戸まえの、てきぱきとした、あいきょうのある、かわいい嫁さんをむかえて、高村家をよくきりまわしてもらい、親族一統を安心させてもらいたい」という夢をもっていました。けれど、智恵子は江戸っ子ではなく、福島県の出身、しかも人々の話では、いたってとっぴなところのある「新しい女」とあって、両親は頭をなやませ、長くあたためてきた自分たちの夢がむざんにもくずれたことを知りました。

結婚にこぎつけるまでには、なみたいていではなかったのですが、光太郎の決意はかたく、両親とも、しぶしぶながら承知せざるをえませんでした。

ふたりが知りあってから三年めの、大正三年十二月二十二日結婚。光太郎三十二歳、智恵子二十九歳。上野の精養軒でごくうちわな披露宴が行なわれたのですが、冬にはめずらしい豪雨が、朝からおそろしい勢いでたたきつけるように降ったということです。このことは、いつまでもふたりの心に印象強く残りました。

光太郎と智恵子が、結婚に賭けた夢は、ひとりの彫刻家と、ひとりの画家が、共同生活をいとなみ、それぞれの精進をつづけてゆくといった、永遠の学生生活のように若々しく意欲あふれるものでした。ひとりの男にひとりの女がかしづく今までの日本の家庭のありかたではなしに、解放された男と女の、ヨーロッパ風の結びつきを目ざして、ふたりで、日本の土の上で実験しようとしたのです。だから智恵子の籍も高村家に入れるということなく、この結婚生活ははじまりました。

光太郎は長男でしたが、結婚を期に、弟の豊周《とよちか》夫妻に、高村家の土地家屋その他いっさいをゆずり、あとを継いでもらうことにして、自分たちは本郷駒込林町のアトリエに住むことにしました。もちろんこのアトリエは、父光雲のお金で建ててもらったもので、光太郎の反抗というものも、父、光雲のすねをかじりながらの反抗でしたが、結婚を期に、とうぜんのことながら、父の援助は今後いっさいなしにやってゆく覚悟でした。

結婚のほかに、この年は詩人、高村光太郎にとって記念すべき年でもありました。フランスから帰ってのち、ほとばしるような勢いで、書きついできた、力のみなぎった詩編、それらを集めて第一詩集『道程《どうてい》』を出版したからです。『道程』は当時の詩人たち——北原白秋、三木露風らの作風とはまったくことなり、光太郎の五臓六腑からひきずりだしたうた、自分の内部の地下水から汲みあげたうた、心理の波動をなまなましく伝えた、詩の歴史上まったく新しい意義をもった詩集でした。

道程

（『道程』）

僕の前に道はない
僕の後ろに道は出来る
ああ、自然よ
父よ

僕を一人立ちにさせた広大な父よ
僕から目を離さないで守る事をせよ
常に父の気魄を僕に充たせよ
この遠い道程のため
この遠い道程のため

光太郎、智恵子のふたりは、その願いどおり、独立した個人と個人の共同生活——芸術の使徒としての精進の道を歩きはじめました。ふつうの結婚生活にはつきものの義理や、親せき縁者とのとおりいっぺんのおつきあいなど、いっさいさけて、アトリエという城にひっそりたてこもった感じでした。

光太郎はこのころ、たくさんのいい彫刻を残しています。なかでも「智恵子の首」はみずみずしく、結婚の翌年に完成したこの作品を見ていると、身心ともに充実した光太郎の気迫が伝わってきますし、どの写真よりも智恵子の美しさをわたしたちにわからせてくれます。

智恵子はだれの目にも美人とうつる、いわば万人向きの美人ではなく、「裾をひきずって歩いた」とか「しゃなり、しゃなり歩く異様なあですがた」とか、横浜の波止場人足が「見や、化けものがとおる」といったとか、さまざまにいい伝えられています。どうかすると、とても異様にみえたときがあったらしいのです。けれど光太郎の、詩人と彫刻家の二つの眼は、まっすぐに智恵子の本質に達して、そこから、このようにみごとな美しさをひきだしているのです。

だれからも美人とみられるより、ひとりのひとによって発見された美のほうが、よりすてきではないでしょうか。

結婚してからの智恵子は、ますます人間ぎらいになり、人とのつきあいを避け、光太郎だけを愛して、絵をかきつづけていました。セザンヌを尊敬して自分もいく百まいとなく静物をかきましたが、素描はすばらしいのに、油絵具をうまく使いこなせず、色彩を思いのままにすることができないで、じれったがり、ひとりで泣いていることもありました。

生活は苦しく、光太郎はたくさんの翻訳をひきうけてしゃにむに働きました。「ロダンの言葉」「回想のゴッホ」「ヴェルハーラン詩集」などつぎつぎに訳して出版し、生活の糧《かて》としたのです。彫刻は売れず、詩も、もちろんです。翻訳だけがたよりでした。

## 夜の二人

（『智恵子抄』）

私達の最後が餓死であろうという予言は、
しとしとと雪の上に降る霙《みぞれ》まじりの夜の雨の言った事です。
智恵子は人並みはずれた覚悟のよい女だけれど
まだ餓死よりは火あぶりの方をのぞむ中世期の夢を持っています。
私達はすっかり黙ってもう一度雨をきこうと耳をすましました。

少し風が出たと見えて薔薇の枝が窓硝子に爪を立てます。

経済的に追いつめられることは、しばしばでしたが、光太郎にとっても、智恵子にとっても、生涯でもっとも気持ちに張りがあり、充実した十八年間の歳月が、こうして流れていったのです。『智恵子抄』の前半は、恋のたとえようもないよろこびと、貧しくても、ふたりがささえあって、すぐれた芸術を生んでゆこうとする気迫に満ちています。

人類の泉

（『道程』『智恵子抄』）

世界がわかわかしい緑になって

青い雨がまた降って来ます
この雨の音が
むらがり起る生物のいのちのあらわれとなって
いつも私を堪らなくおびやかすのです
そして私のいきり立つ魂は
私を乗り超え私を脱《のが》れて
ずんずんと私を作ってゆくのです
いま死んで　いま生れるのです
二時が三時になり
青葉のさきから又も若葉の萌え出すように
今日もこの魂の加速度を
自分ながら胸一ぱいに感じていました

そして極度の静寂をたもって
じっと坐っていました
自然と涙が流れ
抱きしめる様にあなたを思いつめていました
あなたは本当に私の半身です
あなたが一番たしかにわたしの信を握り
あなたこそ私の肉身の痛烈を奥底から分つのです
私にはあなたがある
あなたがある
私はかなり惨酷に人間の孤独を味って来たのです
おそろしい自棄の境にまで飛び込んだのをあなたは知って
居ます

私の生《いのち》を根から見てくれるのは
私を全部に解してくれるのは
ただあなたです
私は自分のゆく道の開路者《ピオニエエ》です
私の正しさは草木の正しさです
ああ　あなたは其を生きた眼で見てくれるのです
もとよりあなたはあなたのいのちを持っています
あなたは海水の流動する力をもっています
あなたが私にある事は
微笑が私にある事です
あなたによって私の生《いのち》は複雑になり　豊富になります
そして孤独を知りつつ　孤独を感じないのです

私は今生きている社会で
もう万人の通る通路から数歩自分の道に踏み込みました
もう共に手を取る友達はありません
ただ互に或る部分を了解し合う友達があるのみです
私はこの孤独を悲しまなくなりました
此は自然であり　又必然であるのですから
そしてこの孤独に満足さえしようとするのです
けれども
私にあなたが無いとしたら——
ああ　それは想像も出来ません
想像するのも愚かです
私にはあなたがある

あなたがある
そしてあなたの内には大きな愛の世界があります
私は人から離れて孤独になりながら
あなたを通じて再び人類の生きた気息《きそく》に接します
ヒュウマニテイの中に活躍します
すべてから脱却して
ただあなたに向うのです
深いとおい人類の泉に肌をひたすのです
あなたは私の為に生れたのだ
私にはあなたがある
あなたがある　あなたがある

昭和七年（一九三二）智恵子が四十七歳になったとき、とつぜん、睡眠薬アダリンを飲んで、自殺未遂に終わるという事件が起こりました。自分のへやに有名なくだもの店、千疋屋《せんびき》から買ってきたばかりのくだもののかごを、静物風におきならべて、いま新しいキャンバスを立てかけ、絵をかけるばかりのようにして、服毒したのです。光太郎はそれを見たら智恵子がかわいそうで、かわいそうで、大声をあげて泣きそうになりました。光太郎にはわかっていたのです。智恵子があれほど情熱をかたむけていた絵に、「自分はけっきょくのところ才能がない」と絶望していたことが。

はたからはまったくとつぜんにみえた服毒も、智恵子の心のなかにはいってみれば、長い長い努力のすえに刀折れ、矢つきた、はげしいドラマがかくされていたのでした。

光太郎という、スケールの大きい芸術家のそばで、智恵子はたえず劣等感になやまされていたのではないでしょうか。といって絵をすててひとりの妻になりきって光太郎の仕事を助ける――それではふたりが最初の理想としてかかげた、独立した個人と個人の共同生活という夢がくずれて、ありきたりの夫婦になってしまいます。個人の自覚にめざめた新しい女としての誇りがゆるしませんでした。

ある年、気に入った絵を文展に出品してみましたが、落選になりました。それ以来、智恵子は光太郎がいくらすすめても、どこの展覧会へも出品しようとはしなくなりました。絵との格闘も、ただ内へ内へとこもり、家事と制作のバランスにも、いじらしいほど心を使いながら、勝ち気な智恵子は、ぐちをこぼさず、すべてを心の中へ中へと押しこめていったようです。

わずかにのこされた智恵子の文章を読んでみると、ひじょうにかたく、弾力性にとぼしいことがわかります。ちゃらんぽらんなところがなく、まじめで、ものごとをつきつめて考える生《き》一本な性格で、ユーモラスなところもなかった人のように思われます。

そのうえ、裕福でさかんだった福島県二本松町の実家がだんだん左前になり、とうとう破産してしまったことも、智恵子には大きな打撃でした。結核でもあった智恵子は、東京の空気になじめないものがあり、あっぷあっぷするように、ふるさとの阿多多羅《あたたら》（安達太良《あだたら》）山、阿武隈《あぶくま》川のうえにひろがる空、澄んだ空気をほしがりました。

（『智恵子抄』）

あどけない話

智恵子は東京に空が無いという、
ほんとの空が見たいという。
私は驚いて空を見る。
桜若葉の間に在るのは、
切っても切れない
むかしなじみのきれいな空だ。
どんよりけむる地平のぼかしは
うすもも色の朝のしめりだ。

智恵子は遠くを見ながら言う、
阿多多羅《あたたら》山《やま》の山の上に
毎日出ている青い空が
智恵子のほんとの空だという。
あどけない空の話である。

これまでは一年のうち、何度もふるさとへ帰っていい空気を吸って、またいきいきとして東京へもどってくるということをくりかえしていたのです。

その実家が破産して、家族がちりぢりばらばらになり、帰るべきふるさとを失ったという思いは智恵子を強くたたきのめしたのです。

あれや、これやの遠因、近因が重なって、張りつめていた絃《げん》がプツンと切れてしまったのが、自殺未遂なのでした。このときは一か月近くの入院でいのちをとりとめることができました。

このことを境に、智恵子はだんだんあらぬことを口ばしるようになりました。幻覚や幻聴――つまり他の人には見えないもの、聞こえないものを、まざまざと見たり聞いたりする「精神分裂症」のきざしをあらわしはじめてきたのです。

「精神分裂症」は、ひとりの人のなかに統一されていた人格や、精神の働きが、糸の切れたくびかざりのように、ばらばらになってしまう精神病です。ほかの人の目には、二重人格、三重人格のように、とりとめのない人となってうつります。

愛する妻のこの病気に、光太郎はどんなに心を痛めたことでしょう。

風にのる智恵子　（『智恵子抄』）

狂った智恵子は口をきかない
ただ尾長や千鳥と相図する
防風林の丘つづき
いちめんの松の花粉は黄いろく流れ
五月晴《さつきばれ》の風に九十九里の浜はけむる
智恵子の浴衣《ゆかた》が松にかくれ又あらわれ
白い砂には松露《しょうろ》がある

わたしは松露をひろいながら
ゆっくり智恵子のあとをおう
尾長や千鳥が智恵子の友だち
もう人間であることをやめた智恵子に
恐ろしくきれいな朝の天空は絶好の遊歩場
智恵子飛ぶ

医師の治療をあおぎ、温泉めぐりをしたり、転地をさせたりしましたが、病状はただ坂をころがるように、悪いほうへと進んでゆきました。光太郎は彫刻も、詩も投げうって、ひたすら智恵子の看病に心をくだきました。

気ちがいというおどろしき言葉もて
　人は智恵子をよばんとすなり

光太郎にとって、狂った智恵子は、その魂のあまりの純粋さゆえに、このにごりきった世間にとけこむことができず、美しくもこわれてしまった女——天からおりてきたかぐやひめが、また天上に帰ろうとする、もだえのように思われてならなかったのに、人はただ「気ちがい！」という、おどろおどろしたことばで指さす。その感じかたのギャップを表現してあますところのないうたです。

# 山麓の二人

（『智恵子抄』）

二つに裂けて傾く磐梯山の裏山は
険しく八月の頭上の空に目をみはり
裾野とおく靡いて波うち
芒《すすき》ぼうぼうと人をうずめる
半ば狂える妻は草を藉《し》いて坐し
わたくしの手に重くもたれて
泣きやまぬ童女のように慟哭する
――わたしもうじき駄目になる
意識を襲う宿命の鬼にさらわれて
のがれる途無き魂との別離

その不可抗の予感
――わたしもうじき駄目になる
涙にぬれた手に山風が冷たく触れる
わたくしは黙って妻の姿に見入る
意識の境から最後にふり返って
わたくしに縋る
この妻をとりもどすすべが今は世に無い
わたくしの心はこの時二つに裂けて脱落し
闃《げき》として二人をつつむ此の天地と一つになった

現実の智恵子は、ばか力をだしてあばれたり、交番のまえで「東京市民よ、集まれ!!」と大演説をぶったり、あらっぽい漁

師のことばでわめいたり、ふっと正常にもどって、

「わたしもうじきだめになる。」

と、童女のように泣いたりしました。智恵子のこまごました症状を、光太郎は親兄弟にも話しませんでした。

夫として、あわれな妻をかばう気持ちが強かったのでしょう。結婚のとき、籍などに無とんちゃくであったのに、このころになって、光太郎は智恵子の籍を高村家へ入れています。自分にもしものことがあったら……と急に智恵子のゆくすえが心配になったのです。

昭和九年は、父、光雲が八十三歳でなくなるという不幸があり、そのうえ、千葉県九十九里浜に療養させていた智恵子の症状もますます悪化しました。アトリエに連れもどしましたが、

狂暴状態をつづける智恵子を、扉に釘づけにして閉じこめなければならないというさんたんたるありさまでした。

狂気の智恵子を考えるとき、たった一つの救いとなるものは、マニキュア用の小さなはさみで、子どものように、無心に切って、じつに美しい紙絵をつくっていることです。

狂気になって、智恵子の心をさまざまにおさえつけ、苦しめていたストレスからいっぺんに解きはなされた、あふれるような自由感を示しています。だいたんな構図・絶妙の色彩感覚――哀しくなるほど美しいのです。智恵子の持っていた絵の才能が、なみなみではなかったことを示しています。ああ、この才能が正常のときに開花していたら、どんなによかったでしょう！

南品川のゼームス坂病院に入院していた、死の前年の、一年半くらいのあいだに、千数百まいも切ったのでした。お見舞いにもらった、さかなやくだもの、病院食のめずらしいごちそう、花々、じっと見つめて、一つの切り損じもなく、すらすらと創《つく》ってゆきました。

光太郎がいくと、それはうれしそうな顔をして、そのひざに抱かれて、だれにも見せなかった紙絵を、うやうやしく見せるのが、あわれでした。光太郎がほめると、うれしそうに、はずかしそうに、何度も何度もおじぎをするのでした。狂気となっても、智恵子の胸に、光太郎は最愛の人として、しっかりと座をしめていました。

# レモン哀歌

（『智恵子抄』）

そんなにもあなたはレモンを待っていた
かなしく白くあかるい死の床で
わたしの手からとった一つのレモンを
あなたのきれいな歯ががりりと噛んだ
トパアズいろの香気が立つ
その数滴の天のものなるレモンの汁は
ぱっとあなたの意識を正常にした
あなたの青く澄んだ眼がかすかに笑う
わたしの手を握るあなたの力の健康さよ
あなたの咽喉に嵐はあるが

こういう命の瀬戸ぎわに
智恵子はもとの智恵子となり
生涯の愛を一瞬にかたむけた
それからひと時
昔山巓《さんてん》でしたような深呼吸を一つして
あなたの機関はそれなり止まった
写真の前に挿した桜の花かげに
すずしく光るレモンを今日も置こう

智恵子が息をひきとったのは、昭和十三年の秋でした。直接の死因は結核でした。五十三歳でしたが、死に顔はじつにあどけなくかわいらしく、二十七、八にしか見えなかったということです。

　狂気六年をふくむ、二十四年間の光太郎夫妻の生活は、こうして終止符をうちました。光太郎は人まえでは涙もみせず、焼き場にもいかず、だまってわたされた骨つぼを抱いて、

「こんなに小さくなっちゃった。」

とポツンといいました。

　このことばのなかに、光太郎の万感の思いがこもっているように思われます。

梅酒　　　　　　　（『智恵子抄』）

死んだ智恵子が造っておいた瓶の梅酒《うめしゅ》は

十年の重みにどんより澱んで光を蔵《つつ》み、
いま琥珀の杯に凝って玉のようだ。
ひとりで早春の夜ふけの寒いとき、
これをあがってくださいと、
おのれの死後に遺していった人を思う。
おのれのあたまの壊れる不安に脅かされ、
もうじき駄目になると思う悲に
智恵子は身のまわりの始末をした。
七年の狂気は死んで終った。
厨に見つけたこの梅酒の芳《かお》りある甘さを
わたしはしずかにしずかに味わう。
狂瀾怒濤の世界の叫も

この一瞬を犯しがたい。
あわれな一個の生命を正視する時、
世界はただこれを遠巻にする。
夜風も絶えた。

没後四年たって、昭和十六年に、『智恵子抄』が出版されました。折り折りに書きとどめてあった、智恵子に関する詩、短歌、散文を集めたものですが、出版社の龍星閣《りゅうせいかく》も、光太郎自身も、この本の運命を予測できませんでした。

『智恵子抄』は出版されたときから反響を呼び、以後、「永遠のベストセラー」といわれるほど刷りに刷り、たくさんの人に感動をあたえ、いまでは結婚の贈りものにも使われるほどです。

光太郎は、智恵子の魂と、からだの、もっとも美しくきらめいた部分だけをすくいとり、『智恵子抄』に結晶させています。

それが光太郎の、詩人としての選択なのでした。自分が支払った犠牲、受けとめねばならなかった、つらいつらい地獄のような苦しみ。あられもない智恵子の狂態。それらはすべてのぞかれています。光太郎がひじょうに男性的な、女々しいことのきらいな詩人だったことがわかります。

そのゆえに『智恵子抄』は、たぐいまれな、この世のものとも思われない、美しい愛の詩集になりえたのでしょう。

読者は『智恵子抄』を読んで、心が洗われ、男女の愛も、こんな高さにまで達することができるのだろうか、このように人を愛し、人からも愛されたい――そういう大きなロマンを、自分の胸にかきたてられるのです。

そしてまた『智恵子抄』に結晶された光太郎・智恵子の愛のかたちは、まぎれもないふたりの真実なのでした。光太郎の詩集で、おそらくいちばん最後まで残るのは『智恵子抄』ではないでしょうか。

## 5　日本人の「典型」

智恵子夫人をなくしたことで、光太郎の内部は、がらがらとくずれ去ってしまいました。『智恵子抄』がいかにすぐれていても、現実には、ふたりの結婚生活は失敗だったといえましょう。日本の風土のなかに、西欧近代風の「家」を、夫婦のありかたを実現しようとして、身をもって行なったその実験は、けっきょく妻の狂気で終わるという、大失敗でした。ふたりの選んだせっかくの新しい生活様式ではありましたが……。

光太郎智恵子はたぐいなき夢をきずきてむかし此所《ここ》に住みにき

夢が破れさったのち、駒込林町のアトリエにむかってつぶやく光太郎のうたには、哀切きわまりないものがあります。

青春時代からもちこたえてきた、光太郎の芸術の先覚者としての、知識人としての精神活動は、智恵子の死を境に、くずれ去ったようにみえます。

その心の荒廃に、しのびよってきたのは、なんと、かつてあれほどきらった父、光雲に代表された、下町の庶民感覚だったのです。

しんせつで、心あたたかく、おせっかいでもあり、権威に弱く、他人の暮らしのすみずみまで知りたがり、義理人情でバランスをとり、事があれば、よく考えもせず「やっちまえ！」と叫ぶ、むかしながらの日本人の心のふるさとへ――こういう里帰りの心を「日本への回帰」と呼びますが、日本人は、どんなにモダンな人でも、老年に近づくと、こういう現象があらわれてくることが多いのです。オーケストラしか聞かなかった人が、やがて、小唄や三味線の音に惹かれてゆくようになります。

光太郎も六十代になって、例外ではありませんでした。父や母や祖父たちの遠いなつかしい亡霊にひきよせられるようにあともどりして、折りしもはじまった太平洋戦争に、「日清」「日露」の戦争に熱狂した先祖たちとおなじように、夢中になっていったのです。

## 真珠湾の日

（『典型』）

宣戦布告よりもさきに聞いたのは
ハワイ辺で戦があったということだ。
ついに太平洋で戦うのだ。
詔勅をきいて身ぶるいした。
この容易ならぬ瞬間に
私の頭脳はランビキにかけられ、
昨日は遠い昔となり、
遠い昔が今となった。
天皇あやうし。
ただこの一語が

私の一切を決定した。
子供の時のおじいさんが、
父が母がそこに居た。
少年の日の家の雲霧が
部屋一ぱいに立ちこめた。
私の耳は祖先の声でみたされ、
陛下が、陛下がと
あえぐ意識は眩《めくるめ》いた。
身をすてるほか今はない。
陛下をまもろう。
詩をすてて詩を書こう。

——後略——

ここにはもう、パリで人間開眼《かいげん》をして、

「パリの庶民のひとりひとりが、自分の主《あるじ》でありえている、これこそが人間の暮らしだ！」

という、光太郎の若き日からのモットーが、どこにもありません。

また明治四十三年（一九一〇）の『スバル』に、

「僕は芸術界の絶対の自由《フライハイト》を求めている。僕の制作時の心理状態は、したがって一個の人間があるのみである。日本などという考えは更にない。」

と書いた、面魂《つらだましい》などはどこにもありません。「根付の国」の批判精神も消えています。

あるのはただ、万葉時代の防人《さきもり》のように、天皇の家来となって、身を殺して悔いない、伝統的な心情ばかりです。そしてまた、光太郎をこうした方向につきうごかした原因の一つに、外国人への劣等感から優越感へ——という大きなゆれ動きがあったのでした。

戦争になると、政治家も軍人も、日本人すべてに、「外国人はけだもの、鬼畜米英《きちくべいえい》」と思いこませて、心を統一しようとしました。

光太郎は、留学時代、ニューヨーク、ロンドン、パリで、いやというほど劣等感を味あわされています。それについて書かれたものは、二、三ですが、氷山の一角のようなもので、だれにも秘していた「日本人としての劣等感」はそうとうなものだったようです。詩人のするどい神経だけがとらええた、つらく、悲しい認識です。それは幕末に黒船がきて以来、日本人の心の底を、みえかくれしてずっと流れてきた劣等感の、頂点にたつ役割を果たしてしまったのです。

時代の風潮に刺激されて、それらの思いがどっと火を噴き、

…………
危険は日常の糧となり
死はむしろ隣人である。
…………
色にどぎついもの無く
香りに鼻をつくもの無く

鳥獣虫魚群を成し
草木みやび
物みな品《しな》くだらず
決然としていさぎよく
淡淡として死に又生きる。
…………

（『大いなる日に』「地理の書」より）

とか、

アングロ・サクソンの主権、
この日東亜の陸と海とに否定さる。

(『大いなる日に』「十二月八日」より)

とか、劣等感変じて、日本の優秀さをならべあげる情熱へと、転化していったのです。当時、第一流詩人であった光太郎のもとへ、とうぜんジャーナリズムの詩の注文が、殺到しました。戦争がはじまったからには勝たねばならない、光太郎は真実そう思って、たくさんの戦争賛美詩を、どんどん書きました。

「まったを知らず」「われらの死生」「必死の時」「危急の日に」「琉球決戦」「栗林大将に献ず」——勇ましい詩は、新聞や雑誌に発表されて、当時の若者たちをはげまし、ふるいたたせたのです。

昭和十七年、日本文学報国会が結成されて文学者のほとんどが会員になって、戦争に協力することを誓いましたが、光太郎は、その詩部会の会長にもなって活躍しました。

昭和二十年の四月十三日、智恵子との思い出深い駒込林町のアトリエが、アメリカ軍の空襲によって、燃えつき、多くの彫刻や原稿もろとも、灰とくずれ去ってしまいました。光太郎は、岩手県花巻町の宮沢清六（賢治の弟）方へ疎開したのですが、そこも空襲で焼けて、またべつの佐藤家に疎開しているとき、八月十五日の敗戦の報に接しました。

八月十七日づけの朝日新聞に、早くも「一億の号泣《ごうきゅう》」という詩を発表しています。

さて、これからが問題です。都会から地方へ疎開していた人たちは、早くわが家へ帰りたいものと浮き足だちますし、あくまでも敗戦を認めずたたかいぬこうとした青年将校たちは、それができないと知ると宮城《きゅうじょう》まえで切腹して果てました。指導者たちは、いいのがればかりを考え、戦争に協力した知識人、文学者は戦犯になるのをおそれて、つてを求めて右往左往し、民衆の心はうつろになり、からだは食をもとめて餓鬼《がき》のようにガツガツしていました。

光太郎は、そうしたときに、はっきりと自分の責任を自覚しました。

だれにいわれたのでもなく、自分で自分の罪を認めたのでした。

初秋のころ、花巻の郊外、太田村山口に、ちっぽけな鉱山小屋を移築して、そこに閉じこもってしまいました。自分で自分を島流しの刑に処し、水牢に入れる覚悟でした。

脱卻の歌　　（『典型』）

廓然無聖と達磨はいった。
まことに爽やかな精神の脱卻だが、
別の世界でこの脱卻をおれも遂げる。
一切を脱卻すれば無価値にいたる。
めぐりめぐって現世がそのまま
無価値の価値に立ちかえり、
四次元世界がそこにある。

絶対不可避の崖っぷちを
おれは平気で前進する。
人間の足が乗る以上、
けっきょく谷川のいっぽん橋も
ブウルバアルも同じことだ。
よわい耳順を越えてから
おれはようやく風に御せる。
六十五年の生涯に
絶えずかぶさっていたあのものから
とうとうおれは脱却した。
どんな思念に食い入る時でも
無意識中に潜在していた

あの聖なるもののリビドが落ちた。
はじめて一人は一人となり、
天を仰げば天はひろく、
地のあるところ唯ユマニテのカオスが深い。
見なおすばかり事物は新鮮、
なんでもかでも珍奇の泉。
廓然無聖は達磨の事だが、
ともかくおれは昨日生れたもののようだ。
白髪の生えた赤んぼが
岩手の奥の山の小屋で、
甚だ幼稚な単純な
しかも洗いざらいな身上で、

胸のふくらむ不思議な思に
脱却の歌を書いている。

そして光太郎は七年間、そこから動きませんでした。掘立て小屋は湿地にあって、いつもじめじめし、長い冬はこな雪が小屋じゅうに吹きこんで、ふとんも顔もまっ白になりました。百姓仕事をして、食べるものは自分で作り、野菜もろくに洗わずに食べたせいか、蛔虫《かいちゅう》がしきりにわき、大きなのが口からでたりして、まじまじと見てから、またぐいと飲みこんだりしました。

## 別天地

（『典型』）

山の蟬はだしぬけに
人の帽子にとまって啼く。
あんまり取りいい蟬なので
子供も蟬をほしがらない。
鼠は人の眼の前で
でんぐりがえしをうったりする。
金毛白尾の狐さえ
夕日にきらきら光りながら
小鳥をくわえて畑を通る。
部落の人は兎もとらず鳥もとらず、

馬コは家族と同等で
おんなじ屋根の下にねる。
おれもぼんやりここに居るが
まったく只で住んでいる。

島流しということばにぴったりの、きびしい自然とのたたかいでした。

そこで光太郎は「暗愚《あんぐ》小伝」という一連の詩編を書き、自分の生涯をふりかえり、幼時からの思い出をたぐりよせて、「なにゆえかくも愚かであったか……」そのよってきたるところをみつめています。

「終戦」という詩のなかに、

日を重ねるに従って、
私の眼からは梁《うつばり》が取れ、
いつのまにか六十年の重荷は消えた。
再びおじいさんも父も母も
遠い涅槃の座にかえり、
私は大きく息をついた。
不思議なほどの脱卻のあとに
ただ人たるの愛がある。

（『典型』「終戦」より）

とありますが、あれほど熱狂した戦争と、忠君《ちゅうくん》愛国の思想は、まるでつきものが落ちたように、まことにあっけなく、たあいなく、くずれ去ってしまっています。

戦争中には大学生であった詩人、吉本隆明は、戦後になって「高村光太郎」というりっぱな評論集をだしました。吉本もまたかつて光太郎の戦争賛美詩を胸おどらせて読み、学徒兵として死を賭《と》して戦おうとしていた青年のひとりでした。けれど、戦後になって、むかしあれほど敬愛してやまなかった光太郎に、すこしずつそぐわないものを感じはじめ、その原因をてってい的に追求し、光太郎を否定することによって、吉本隆明の戦後ははじまりました。

かつて光太郎が父光雲を否定したように、光太郎もまた後輩の吉本隆明によって否定されたのです。

吉本隆明の評伝「高村光太郎」は、鋭くはげしい批判とともに、光太郎にたいする愛惜《あいせき》の思いにも満ちています。戦争中には戦争を賛美し、戦後は平和を賛美するたくさんの文学者のなかにあって、たったひとり光太郎が、わるびれず、ま正直にみずからの責任を取ろうとした態度を、吉本隆明は高く評価しています。戦後は「無責任時代」といわれますが、どの分野でも、戦争の責任をあいまいなままに、なしくずしにして出発したことが大きな原因の一つでしょう。

吉本隆明はほかに「文学者の戦争責任問題」を追求して、すぐれた評論も書きましたが、光太郎といい、吉本隆明といい、ふたりとも小説家や歌人ではなく、詩人であったことは記憶されていいことだと思います。

詩は、ただ恋や星や、きらきらしたムードだけのものではありません。その生きた時代と深くかかわるとき、いのちがけのおそろしい仕事ともなるものです。

## 典型

（『典型』）

今日も愚直な雪がふり
小屋はつんぼのように黙りこむ。
小屋にいるのは一つの典型、
一つの愚劣の典型だ。
三代を貫く特殊国の
特殊の倫理に鍛えられて、

内に反逆の鷲の翼を抱きながら
いたましい強引の爪をといで
みずから風切の自力をへし折り、
六十年の鉄の網に蓋われて、
端坐粛服、
まことをつくして唯一つの倫理に生きた
降りやまぬ雪のように愚直な生きもの。
今放たれて翼を伸ばし、
かなしいおのれの真実を見て、
三列の羽さえ失い、
眼に暗緑の盲点をちらつかせ、
四方の壁の崩れた廃墟に

それでも静かに息をして
ただ前方の広漠に向うという
そういう一つの愚劣の典型。
典型を容れる山の小屋、
小屋を埋める愚直な雪、
雪は降らねばならぬように降り、
一切をかぶせて降りにふる。

光太郎は昭和二十七年東京に帰りました。十和田湖畔に立てる裸婦像を、青森県からたのまれて、それを制作するためでした。

翌年完成したふたりの裸婦像は、いまも十和田湖畔休屋御前《おまえ》浜《はま》に立っています。じっさいにはモデルを使ってありますが、光太郎があらわしたかったのは、逝って十六年、ますます神秘的に光太郎の胸に生きつづける智恵子夫人、そのものだったといわれています。

十和田湖畔の裸像に与う

（昭和二九年一月一日発行『婦人公論』第三八巻第一号）

銅とスズとの合金が立っている。
どんな造型が行われようと
無機質の図形にはちがいがない。
はらわたや粘液や脂や汗や生きものの

きたならしさはここにない。
すさまじい十和田湖の円錐空間にはまりこんで
天然四元の平手打をまともにうける
銅とスズとの合金で出来た
女の裸像が二人
影と形のように立っている。
いさぎよい非情の金属が青くさびて
地上に割れてくずれるまで
この原始林の圧力に堪えて
立つなら幾千年でも黙って立ってろ。

自分で自分を牢屋に入れたような花巻郊外での七年間は、光太郎の健康をひどくむしばんでいて、昭和三十一年四月二日、病名も智恵子とおなじ結核で、東京中野区桃園町の仮りずまい、中西利雄（画家）のアトリエで、はげしい喀血《かっけつ》のあと、ついに巨木がどうとたおれるように、永い永い眠りについたのでした。

数えどし七十四歳でした。

その生涯をふりかえり、のこされた七百数十編のおびただしい詩や、率直で男らしい文章を読みかえすと、その大きく、あたたかい人柄が、親しい「おじさん」のように、いまさらなつかしく思われます。

昭和二十五年にだされた詩集の名が『典型』だったからというわけではなく、光太郎の生涯が、その精神の描いたカーブが、まことに日本人の「典型」そのものを示しています。『智恵子抄』

で、自分のぐちや、弱点や、智恵子の狂気のときのみっともなさなどを、ぐいと押し殺してしまったように、まったく男性的で古武士のような人柄でした。

そうしたところが、戦争中の、迷いや、懐疑《かいぎ》精神をも押しつぶし、戦争賛歌を書く方向へ向かわせてしまったのでしょうが、大いなる失敗、挫折《ざせつ》もふくめて、光太郎は、わたしたちにじつにさまざまの教訓を残していってくれた人でした。

「現代詩の父」と呼ばれるゆえんでしょう。

# 「あとがき」にかえて

編者　田中和雄

茨木のり子さんは「智恵子と生きた—高村光太郎の生涯—」を見ることなく、二〇〇六年二月一七日に亡くなりました。享年七九歳でした。原本は、一九六八年「うたの心に生きた人々」（さ・え・ら伝記ライブラリーの一巻）として出版したものです。一九九四年ちくま文庫の一冊として、再刊されました。

童話屋の編集者田中和雄のすすめにより、一人一冊の分冊として、再々刊されることになりました。編集にあたって茨木さんの希望は、文章はそのままとし、一人一冊となった分、「智恵子抄」と「典型」からいくつかの詩を加え、タイトルは「智恵子と生きた」とするというものでした。その作業は編者が受け持ち、茨木さんには編集案としてお出ししてあり、おおむね了とされましたが、以来五年の歳月がたちました。

このたび茨木さんの一周忌にあたって本書を刊行することになり、茨木さんと交わした打ち合わせの数々にそって故人の意向を尊重しつつ編集しました。

新たに加える詩については編者の案でいくことになりましたが、タイトルではほかにいくつかの案が出ました。「自らを牢に入れた」「日本現代詩の父」「詩と彫刻に生きた」などがあり、なかなか決まらぬまま歳月だけが過ぎました。

そして、亡くなる前年の年末、東京吉祥寺のフランス料理屋ル・ボン・ヴィボンでの忘年会の折、茨木さんの口から「高村光太郎は『智恵子と生きた』でどうでしょう」と提案があり、その場で即決、乾盃をしました。

それから大急ぎで作業をすすめていれば、茨木さんが亡くなる前にお見せできたのでは、と今になって悔やまれます。

つつしんで茨木のり子さんのご冥福をお祈りします。

本書は一九六七年発行のさ・え・ら書房刊「うたの心に生きた人々」を四分割した一冊で、編集を新たにし、新版としました。

収録した詩は筑摩書房刊「定本高村光太郎全詩集」を原本としました。今の読者に読みやすくすることを考えて、旧仮名遣いは新仮名遣いに、短歌は分かち書きにかえたことを、おことわりしておきます。文中差別的な表現とおぼしき箇所がありますが、過去の時代に書かれたものであり、作者に差別意識はないと考えて、原文のままとしました。ご了承ください。

詩人の評伝シリーズ④
智恵子と生きた　高村光太郎の生涯
二〇〇七年四月三日初版発行
作　者　茨木のり子
発行者　田中和雄
発行所　株式会社　童話屋
〒168-0063　東京都杉並区和泉三ー二五ー一
電話〇三ー五三七六ー六一五〇
製版・印刷・製本　株式会社　精興社
NDC九一四・一五二頁・一五センチ
落丁・乱丁本はおとりかえいたします。

ISBN978-4-88747-070-5

地球の未来を考えて T.G（Think Green）用紙を使用しています。